星野恒彦句集

月日星《つきひほし》

ふらんす堂

句集・月日星／目次

句集　月日星

つきひほし

I

春

やうやくの雪間鳥くる子どもくる

ぢつとしてゐない雪割一華撮る

枯芝に噴く黙契のクロッカス

氷雪の五輪沸くなか逝きにけり

悼 金子兜太 二〇一八年二月二〇日

その笑顔春満月と重なつて

告別式 三月二日

天を突く枝頭ゆたかに白梅花

紅梅や隣家の窓がけさ近く

梅が香に色とりどりのタオル干す

人はみな白マスクに眼梅満開

二〇二〇年

早春や母を追ひ抜く薄着の子

御《おん》前《まへ》に落ちてみせけり太郎冠者

太郎冠者＝紅侘助の一種

苑の隅白藪椿しんと澄む

ビル二つぐいと押し分け雪解富士

いぬふぐりはるかな雲と息合はせ

桜の芽小啄木鳥《こげら》くるくるのぼりゆく

抱き上げし子犬の鼓動木の芽風

匕首《あひくち》のひかりの蒼白木蓮

毛衣を脱いでかがやく白もくれん

白木蓮上枝《ほつえ》下枝《しづえ》とゆれたがへ
まだ坐る余地在り春の仏の座

二〇二〇年二月一九日

吾《あ》と妣《はは》を知る師逝きけり春の闇

中学のクラス担任・門馬和男先生

荻の芽や大地罅《ひび》かす紅き針

春の土つつきむくむくむら雀

春筍が生《あ》るる老爺の足の裏

東京府中市・高安寺

靴べらにタオルそへあり春の雨

小さき堰ひびく鶯神楽かな

春筍が伸びる後光に縁どられ

展宏先生追憶

涅槃絵の蹠《あうら》にふれて嘆くひと

山火事の鎮まるけむり花通草《あけび》

鰊食ぶとげ抜くやうに小骨とり

春水の末広がりに蛇籠まで

春水に鳩ふつくらと蹲る

胸鰭を翼《つばさ》のごとく春の鯉

大岡信逝く　二〇一七年四月五日

黒靴の紐結び立つ初ざくら

追悼

ことば在るかぎり忘れず山桜

人影の見えぬ平屋の庭桜

消火器と彼岸桜が家の角
満開にちかづく桜居職なる
白銀《しろがね》にひかる天日桜透き

さまざまや桜の下の箸づかひ

梢《うれ》さわぎ下枝《しづえ》ゆつたり大樱

龍の腹波打つ夜の大樱

太幹に老いの貌あり花ざかり

走り根の再び入る地に落花

花ふぶき中に停止の虻一つ

蟬の穴いつやら閉ぢて花の塵

花ちつて池に流れのありにけり

桃咲くや雀斑《かすも》気にせぬ老妻と

御指の先まで濡れて灌仏会

海棠の風を通さぬ花盛り

葉牡丹の茎《くく》立《た》ち塔のごとかしぎ

春の空枕にしたき雲のあり
朝寝して夢に語らふ展宏さん
全身をゆらゆら日永の象はな子
井の頭自然文化園、六十八歳

しやぼん玉種蒔くやうに振りまける

しやぼん玉ヒマラヤ杉の胸に消ゆ

寸《ずん》切《ぎり》の並木弥生の留学生

嬉嬉として丈をそろふるチューリップ

横顔を見慣るる花やチューリップ

ひらきすぎもとにもどれぬチューリップ

チューリップ垂れし花弁へ犬の鼻

藤棚や踊りの師匠病み臥して

地に生えしごとき落石藤こぼれ

二〇二〇年

マスク外し匂ふにほはぬリラの花

鴉の巣にのぞく鉄筋青と白

この路地に生《あ》れて老ゆるか雀の子

降《お》りし塀しきりに見上ぐ恋の猫

執拗に春の蠅追ふ猫若し

街の小公園

穴掘つて用足す猫に春の風

フェンスの目くぐりくぐりて蝶あそぶ

手を洗へ洗へと言はれ霞草

二〇二〇年

行く春や照り昃りして樹も人も

Ⅱ

夏

病む妻の誕生月や聖五月

小さきちさき実梅の先で剪る楉《すはえ》

絹莢の筋とる手つき妣《はは》ゆづり

中野区「ばらーど」

蟇《ひき》出づる気配茶房の庭濡れて
ぽろと落ちし如露の先つぽ蟇がゐる
闇脱いで考ふる背ナ蟇《ひきがへる》

福島市　二〇一五年

太平洋めざす阿武隈《あぶくま》川行々子

薫風の丘や線量計うごく

福島・信夫の里

青苔のもぢずり石も除染かな

舗装路の濡れてゐるきは立浪草

白浪のうしろ青浪立浪草

型押しのごとし白花クレマチス

声明や奈落のふちに牡丹咲く

さざ波たつ葉叢に載れる大牡丹

牡丹や飛《ひ》沫《まつ》のごとくとぶ小虫

大牡丹花弁よりさき蕊くづれ
たれたれとなつてぱらぱら散る牡丹
白芍薬どつとしぶいて散れるかな

朴咲くや堂塔伽藍影うすく

人へでなく天へ見せんと朴の咲く

夕闇にとけ入るきはの花あふち

竹の子の腰に天衝く勢《きほひ》あり

脱ぐ前の生毛ひんやり竹の皮

脱ぎつぷり勇み肌なり竹の皮

奈落より節《ふし》せり上がり今年竹

竹の葉の降れば聞こゆる水の音

三光鳥ホイホイと声遠ざかる

青芝やスポーツバッグ振り担《かつ》ぐ

青芝生尺《しゃく》蠖《とり》めけるヨガ一団

捩花に片足立ちをしてみたる

波立つる青蔦窓の薄目せる

青蔦に目覚むる煉瓦四ッ谷駅

幹くらき寒緋桜の実沢山

押し出して舞台せましと踊子草

咲きのぼり輪舞五層の踊子草

夏《なつ》茱《ぐ》萸《み》の熟るる金砂蒔絵成し

泰山木の花の段段青雲へ

風わたる泰山木の花こえて

足音に増ゆる水輪やあめんぼう

水《み》草《くさ》の根ゆすぶる声の牛蛙
十薬や日向日蔭となく盛り
どくだみの声なきこゑや満ちみちて

潮の青差しくるごとく七変化

車椅子にやさしき曲り四《よ》葩《ひら》道

落梅のなかをうろつく烏かな

梅すべて落としたる樹や闇に溶け

珈琲の香へ梅雨の傘たたみ入る

飛石に鳩尾《みぞおち》ありてたまる梅雨

梅雨寒のバス停傘の彩《いろ》ふゆる

梅雨の街難民めいて喫煙所

象の耳はたりと梅雨の明け近し

漣の途中で消ゆる大代田

翅とぢて一本の軸糸とんぼ

立葵下葉大きく花支へ

陽にはねて稚魚のごとしや蜥蜴の子

瑠璃蜥蜴石に白斑を残し去る

みみず長し頭進んで尾が追うて

揚羽くる網戸に網目なきごとく

黒揚羽真昼の闇の欠片《かけら》かな

玉虫翔ぶ榎の天はとこしなへ

おーい雲麦藁帽の上に来よ

すべるなよ蝮注意の裏見滝

滝万年後退の距離辿るかな

青鷺の脚たくましく松根方

山百合の伏したる馬頭観世音

青大将おのが身の上折り返す

白内障手術へ

炎天をにごれる水晶体もちて

眼を手術蟬の声まで鮮明に

新宿・常圓寺、及川真介院首

生を説き死はつけ足しやジャスミン茶

紅睡蓮流人のごとく水のはて

介護士が夏の星いふ離島の出

隣家より花をつけたる藪からし

鎌倉

大仏のまろき肩こす風涼し

すずしさや何見るとなく目を細め

畳屋の前涼風と通りけり

妣《はは》若く淋しきときの絹糸草

さつくりと裂くや浅漬け水なすび

分秒をあらそふ走者百日紅

百坪の売地藜《あかざ》の埋めつくす

空蟬はどれも葉の裏幹へ向き

空蟬をたたき落とせし豪雨かな

油蟬の声がつつ抜けトンカツ屋

窓枠に郵便受に啼ける蟬

爪うすくなりしと思ふ蟬しぐれ

神輿昇《か》く隣る女と足合はせ

釜出しのバゲット唄ふ朝涼し
（ピシピシとクラストが収縮）

向日葵を食べに来てゐる黄金虫

捕虫網子が父よりも大き持ち

水の上《へ》を光る一糸や蜘蛛の道

水中に映れる蒲のそよぎかな

木の匙に削り氷《ひ》余生しみじみと

「貂」四十周年へ

夏の夢寄稿うべなふ展宏さん

ががんぼが墜ちるテレビと壁の間《あひ》

夕されば莟つんつん烏瓜
烏瓜の花に耿《かう》耿《かう》たる外灯《LED》

Ⅲ

秋

ひんやりと生絹《すずし》のひかり蓮根羹《れんこんかん》

蓮根羹＝金沢の銘菓

刃を入れし音に裂けたる波田《はた》西瓜

松本市

泣きやまぬ児をもの陰へ秋暑し

江戸朝顔ドイツ朝顔貌並べ
咲きそろふ朝顔パラボラアンテナと
江戸朝顔しぼんで握り拳上ぐ

朝顔のまさぐる蔓や原爆忌

心底へ潜《かづ》く一分原爆忌

黙禱

心して水と塩摂れ原爆忌

うたた寝にマスク八月十五日

二〇二〇年

泣き喚く先生訓導敗戦日

学童疎開地、小学四年

秋渇き色とりどりの塩売られ

首に巻くタオルの白し黄のカンナ

ちまちまと区分けの売地赤まんま

阿波踊の囃子潮《うしほ》のごと寄せ来

たそがれに白面《しらふ》の花も酔芙蓉

図書館の窓辺芙蓉のしぼむまで

しぼみたる芙蓉にのぼる一つ星

力芝くぐりもぐりて蜆蝶

夕づく日花びら捩れだす木槿

抱つこ紐たしかめ入る踊の輪

京都大原・宝泉院　二句

声明のうねり蜻《せい》蛉《れい》反転す

色変へぬ五葉の松の血潮かな

つく法師追ひかけてくる長廊下

安寝《やすい》から覚めてかなかな夢つづき
鼻の奥熱くなる香や夕化粧
息つめて白粉花《おしろいばな》にかくれんぼ

せきれいの濡れ足迅し跡もなく

ぱつと散る番《つがひ》に声や白せきれい

怒《ど》か笑《せう》か裂けはうだいに大石榴

どこからか匂ふ木犀とほりぬけ

木犀の香のしみわたる出水跡

扉《と》の外に殿様ばつた蹲る

萩の原黄蝶のつどふ方へ行く

色のせて先へ〳〵と式部の実

青松虫青信号の高みより

玄関に虫の音すべて振りおとす
雨音を緯《よこ》に織りなす虫の声
雨音と虫の音またも入れ替る

大《たい》風《ふう》や網戸に穂絮吹きつけて

台風過尻《しっ》尾《ぽ》重げに蜥蜴出づ

台風の倒せしヒマラヤ杉輪切り

戦後七十年

芋嵐いまは団地を吹き抜ける

老《おい》ひとり椋鳥《むく》の歩みについて行く

秋の蝶花にとまらず葉にとまり

一ト晩を網戸にすごし秋の蝶

さる人に

露の世を担ぎわたりし道具箱

露のこの身われと思へる不思議さよ

天高く身丈の縮み知る健診

茎透けど華《はな》纏れあふ曼珠沙華

侘助の実や弾けとぶ種一つ

全手《まて》葉椎《ばしひ》拾うて握る陽の熱さ

体育の日の目玉焼割りそこね

新宿御苑、大作り花壇
菊花展準備如雨露の首長し

茹でてなほ失なはぬ艶利平栗

月の出や青松虫の囃したて

今日の月火星木星したがへて

二〇二〇年

ハロウィンの有象無象に望の月

昼は翡《ひ》翠《すい》夜は明月を映す池

ひとつまみ天《てん》日《ぴ》塩《じほ》入れ零《む》余《か》子《ご》飯

手のとどく枝にはなくて棗の実

透きとほる蝦を育てて澄める水

すつぽんは潜《ひそ》みぷかぷか鬼ぐるみ

飯桐の実はゆらさずに風とほる

名にイヌとつく草の花それぞれや

木工ろくろ師・大益牧雄作

焼き銀杏容れたる鉢の木目かな

山に採り道の駅へと蔓もどき

柿よりも烏瓜欲し見上げては

そへ葉枯れなほ紅《こう》ふかく烏瓜

富士さがす眼にどこまでもうろこ雲

高西風《たかにし》に皇帝ダリア屹然と

蒼穹へ桜大樹の紅葉鳴る

伊豆宇佐美、岡義彦別墅　四句

この沢の蟹失せ猪《しし》のやたら殖え

牛膝《ゐのこづち》とりきれぬまま客間へと

月さやか女の筆の「洗心居」

猪の出ずに明けたり裏の畑

十三夜ねむらうとせぬ禽と鯉

十三夜廊に人なく配膳車

介護ホーム

福岡県八女市星野村　二句

蜘蛛の囲を払ふ秋天星づくし

離散して名のみ山河に銀河濃し

能管を膝に立てて聴く秋の風

伊豆沼　二句

旭日に雁の総立ち宙とよみ

白鳥の昼寝幼鳥加はらず

しぼり出すひよどりの声この世なる

秋の雨猫も小鳥も一ト声で

藜杖呉れし人逝く暮の秋
赤座悦子さん　二〇一六年

昼下りひとりたたける鉦叩

ネクタイの束棄てあり残る虫
残る虫補聴器つけて残る人間《ヒト》
行く秋やブルーシートに雨ためて

Ⅳ

冬

つつましき十一月にわれ生《あ》れし

表《おもて》より葉裏明るく冬紅葉

冬紅葉砂漠へ帰る研修生

足跡に潮の滲み出す小春凪

枯蓮の沈める水の澄みわたり

枯蓮を刈つて目高の天地とす

諸《もろ》鳥《どり》の声や狂へる花つつじ

冬菊と畑地とぬくみ与へあふ

寒菊や畑に積みおく藷の蔓

香りなほ残る木の葉や肩を打ち

西風や噴水さけて散る木の葉

荒膚に刺さる落葉や大欅

枯れてなほそよぎ止めずよ猫じやらし

鵙鳴くや棕櫚の下葉の枯れ垂れて

樹木葬落葉の衾日日厚く

井の頭自然文化園　二〇一六年　六十九歳

冬ごもり鼻あそびしてはな子象

暖房舎いつぱいに立つ皺袋

主逝きし象舎に木の葉降りやまず

二〇一七年

五位鷺の生《な》るなる冬木日を浴びて

銃声はテレビの奥よ煮大根

寄せ鍋へぽつぽつ帰り大家族

二〇一六年一二月七日

弟逝く片割れ月が舟のごと

逝きし人のケータイ番号消す寒夜

水漬く根の周囲《まはり》いくども潜《かづ》く鳰

十二月八日戛《かつ》戛《かつ》ハイヒール
石垣がひねりだしたる石蕗の花
石蕗の花散らずに枯るるつつましく

大綿に遇へり訪はれし思ひかな

さまよふは綿虫かはた吾が足か

日蔭出て日差しに消えぬ雪螢

落ちたるを知らぬげ茶の花蕊あふれ

ひとしきり玄関の辺《へ》を笹鳴ける

笹鳴やいつもきれいな外厠

悼　有馬朗人氏　二〇二〇年一二月六日没

巨人の歩仆れて止みぬ年の果《はて》

開くまで匂の壺の臘梅花

臘梅を生ける耳朶打つ核実験

数へ日や老いたる兄の長電話

直射日をさけて育てし実千両

鉄瓶の湯気が待ちをり師走人

水に立ち羽ばたく鴨ら初景色

どつかりと棚田の餅や雑煮椀

椀底をはなさず伸びる雑煮餅

紋《もん》鶲《ひたき》が年賀人待つ路地の奥

松引を待たず還りし松山へ
旧友・松山研一君他界　二〇二〇年一月四日

初夢に出でこぬ茄子《なすび》初市に

後継ぎのゐない魚屋松納

初句会カタンと杖のたふれけり

また一人寡《やも》男《を》のふえぬ冬運座

冬木立影重なれど幹へだつ

ことごとく張る枝《え》伐られし冬並木

寒雀一樹にこもりかしましや

南禅寺天授庵

警策のごとき靴べら悴む手

等伯の鶴歩みだす石庭へ

傘に音雪から雨になるらしく

木工ろくろ師・大益牧雄さん

大木と木屑の間《あひ》に生きて雪

飛びついて氷柱をなむる小鳥かな

凍結の池に心に飛礫《つぶて》打つ

左右左右氷とかしてスケーター

泡多き氷《ひ》面《も》鏡《かがみ》なす潦

雪のこゑたまるカーテン襞ふかく

眠るにも体力の要る寒の闇

足冷えて寝覚ねざめのさても八十

杜国の句（『冬の日』）に応じて

さつと風にさらす鵞鳥《グース》の羽根布団

蒸気《いき》たつる寒肥《かんぴ》お寺の大松に

岩陰に寒鯉太き下半身

がさがさの膚《はだ》で春待つ山茱萸と

冬桜と同じ日ざしの中に居り

ほとばしる犀の尿《しと》聞く四温かな

母の前マフラー落とし駆けゆく子

V

日月と車椅子

二〇一四年〜二〇一五年

歩行器の走りだしたる四月馬鹿

歩行器を追ひかけて来る夕立雲

病院の待合室や雷雨浸み

みんみんや座薬溶けゆく刻《とき》充たす

コルセット締めし腰吹く秋の風

車椅子の向き変へてやる鉦叩

紙おむつ買ひに行手を秋神輿

傾眠の妻にとどくか降る木の実

黄落や階下の手術《オペ》へストレッチャー

冬初め介護士自転車きしませて

凩や磁場発生の検査室《MRI》

柚子ふやせ主婦入院の冬至の湯

入院費払ふ手冬の雨に濡れ

数へ日やことば失ひゆく妻と

年の坂大き赤子へ還る妹《いも》

車椅子の妻の目線で年送る

星まばら家妻介護の去年今年

買初は鯛味噌妻の白粥に

冬晴の空の広さを病室で

隙間風ストレッチャーに生者死者

今朝しばし病室領す雪の富士

木匙にみどりミキサー食の菠薐草

病棟の外に薄氷明りあり

啓蟄や妻の腰《えう》椎《つい》透かし視て

春雨にけぶる病棟妻が待つ

仰ぐことなく車椅子花蔭へ

車椅子につかまり立ちの更衣

病窓に数ふ泰山木の花

夏の月介護ホームは遠流《をんる》島

二〇二〇年　新型コロナウイルス禍

Ⅵ

鴨を詠む

初鴨の険しき眼《まなこ》着水す

羽づくろふ初鴨ちらと汚れ見せ

雌鴨の翔んで意外にうすき胸

もぐりたる鴨の気泡《あぶく》をまとふ鯉
助走なく飛びたつ鴨ら一方向
パン口に群を脱け出す鴨必死

橋板の裏を移れる鴨の声

鴨の列嘴《はし》の濾しゆく水と光《かげ》

日が落ちて急に啼きだす鴨の群

浮寝鴨たがひの間合よく測り

鴨の胸水面の黄葉つけ来るよ

嘴《くちばし》を羽交ひに入れて鴨薄目

首潜《かづ》き尻立てる鴨初景色

右に鳴き左に応ふ鴨初音

氷上に足すべらせる鴨と我

嘴《くちばし》をのせて膨らむ鴨の胸

鴨は嘴《はし》を羽交ひに我は懐手

這ひ上る鴨に薄氷皹《ひび》きけり

病む鴨の離れて小さき水輪かな

よくもぐる鴨やお彼岸晴れわたり

鴨あゆむ尻のまあるい影曳いて

水に立ち羽ばたきあへる春の鴨

飛びめぐる三羽が二羽に春の鴨

白と黒冴えて引きどき待つ鴨ら

キンクロハジロ

鴨百羽一夜に去りぬ一羽置き

鴨八年残りての屍《し》や亀ら喰ふ

ミシシッピ赤耳亀

軽鴨がつるむ噴水虹かかげ

交《つる》みてはすぐと女鴨の水くぐる

軽鳧《かる》の雛吹かれしままに流れけり

夜の明くるたびに数へる軽鳧の子ら

軽鳬の子のふためき走る水の面

軽鳬の子の大き嘴池めぐる

軽鳬の子ら幟の影にかたまれる

子を連れて鴨の渡れり枯山水

軽鴨に囲まれ蛇の首岸へ

荒梅雨や行方の杳と鴨母子

Ⅶ　ロンドンに住んで

一九九四年三月〜一九九五年三月

春泥のかがやく上を騎馬と犬

煉瓦にも濃淡ありて八重桜

ハンプトン・コート・パレス

橋遠き離宮の庭の日永かな

春愁のトランプの卓王妃の間

花ぐもり胸にも一つ付け黒子

豊満を支へる脚のかげろへる

春の蝿大きな音をたてにけり

キューガーデンズ・虚子句碑

あたたかや句碑に筋なす鳥の糞

町の郵便局

年金を受けとる列や藤の花

ポーツマス　二句

軍港の沖に崩るる海市かな

高高と空母白鳥着水す

大小の戸がひづむ家明易し

ウィンブルドン・テニス・ミュージアム

覗き見るセンターコート四月馬鹿

坂多きウィンブルドン踊子草

グランド・ナショナル

騎手のゐぬ馬のゴールや春の雲

エピングの森・エリザベス一世

女王の宿りし狩場雲雀揚ぐ

苔桃とヒースくぐりて揚雲雀

騎馬過ぎてさらに濃くなるきんぽうげ

でで虫の指につぶれし幼なさよ

本降りの郵便受に蝸牛

糸とんぼ水より碧く流れけり

夏の月なにかしたゝるごときかな

南仏オランジュ城址

夏草やオランジュ公の井戸深し

レ・ボー

城壊すときも石工に夏薊

名園の撒水の穂が塀ごしに

カルカソンヌ

昼顔や城壁に門見つからず

アヴィニョン　二句

桑の実の下の朝食風の出て

炎日のやうやく昏るるメリーゴーランド

闘技場《アルル》にこだます声の岩燕

炎天の巌に一柱古神殿

白靴へ一直線に栗鼠来たる

トルコ・エフェソス　二句

脚長に駈ける大蟻神殿趾

皇帝の泉へ大理石の道

パムッカレ

星の群ふえて蚊の群ゐなくなる

風に鳴るカッパドキアの莢の実

影濃ゆき西瓜の山に倚る老婆

朝顔や隊商宿の小モスク

棍棒で叩く絨緞夏の川

ロンドンで買ふ納豆や旱雲

水撒くや地球の裏に原爆忌

一つ摘めば一つころげる黒ベリー

橡の実の落ちて馬糞と乾きをり

ヒースロー空港に義妹伊公子を送る

空港に鎮まる尾翼十三夜

寄生木《やどりぎ》を残して林檎落ちつくす

フランス、ロワール川畔

カンナ枯るる墓地の彼方に原発が

パリ、小池文子宅　一九九四年一〇月三〇日

菊の香や勢至菩薩の里帰り

同席のフランク教授ギメ博物館倉庫に法隆寺の像を発見

スコットランド　三句

エジンバラ城

がかんぼの絕れる窓に丘の城

すさまじや血を吸ひし玉王冠に

ネス湖

冷えびえと黝《くろ》き命の水湛へ

ピートを含んだ水はウィスキーに必要

活けし紅葉一夜にちぢむ暖炉かな

この煉瓦黄色い霧の染みたるか

秋風や売家の札を両隣

テームズの飛沫《しぶき》鹹《から》しや暮の秋

黒鳥の白羽見せたる羽づくろひ

街の肉屋

朝霜や枝肉担ぎ入る白衣

冬草のことに青青共同墓地《セミタリー》

ロンドン大学図書館

外套を預けてこもる書庫の奥

ウィンブルドンで背広を仕立てる
仮縫ひの二度で終りぬ漱石忌

大英博物館
スフィンクスの尖れる乳房十二月

スカラベの深き眠りや霜のこゑ

疾風や冬草の青縞をなし

ふり撒いたやうに羊や雪もよひ

陸に据ゑし救命艇《ライフボート》に霰はね
ランズエンド

数へ日の猫の品評会中継

冬桜氷の糸を垂らしけり

ポルトガル　六句

松林抜けてオリーブ冬ぬくし

中央に聖樹やリスボン大市場

伝統の重たく甘き聖菓かな

法螺貝に隣る田螺や晦日市

年惜しむ大西洋のキンキ煮て

ロカ岬

西の涯《はて》地のはて年の行かんとす

ウィンブルドンの丘にて

くらくらと色かへ昇る初日かな

初夢や大きベッドの端に寝て

吊す雉みな眼をつむり肉屋の窓

降《お》りしなに滑る鷗や結氷池

飛びこんで池の氷をくだく犬
雁の糞一面に凍つ湖《うみ》の岸
ひろびろと凍らす霧が狭庭へも

屋根を葺く人を凍らす霧やまず

鳴りひびく疾風《ゲイル》暖炉の奥にかな

厨房に汗ばみてあり冬リンゴ

キーツ・ハウス、生誕二百年祭　一九九五年一月二〇日

「聖アグネスの夜」を聴く我ら影冴えて

暁闇の庭に栗鼠跳ぶ春隣

春立てる空にオリオン地に乞食

大英博物館

短刀に村正の銘春浅し

臘梅の香や西を向く風見鶏

リッチモンド・パーク

まんさくや角重たげに鹿歩む

山茱萸や遠出の鷭にばつたりと

春の夕「蝸牛殺し《スラッグ・キラー》」を庭に撒く

手紙来ぬ日の淋しさよ爪揚がる

草上を爪に曳かれてすべる臀

錐もみの爪より散れりユリカモメ

春の泥馬よろこんで行きにけり

あとがき（解題をかねて）

この句集『月日星《つきひほし》』は、『連凧』『麥秋』『邯鄲』『寒晴』に次ぐ第五句集である。

この第五章までは、二〇一三年八月以降二〇二〇年十二月までに作った句から選んで編んだ。

これまでに出した四冊の句集には、個人的な境遇を詠んだ句は極めて少なく、むしろ意識的に避けてきた傾向がある。個我を超えた普遍性を希求するところが強かった。そして虚子の唱導する花鳥諷詠の路線にそい、季節にいろどられ、アニミズム的要素を含む自然詠をよしとしてきたと思える。従ってまず四季別、春夏秋冬の四章を立てた。

ところが家妻の病《やまい》のため、いやおうなく老老介護の身となり、モチーフ・

テーマの上で予想せぬ変化が生じもした。期間は二〇一四年が中心で、そうした作品を群作として、第五章にまとめた。

わが住居《すまい》の目と鼻の先に、妙正寺池と呼ぶさして広からぬ池がある。かつては武蔵野台地の伏流水が盛んに湧き出たが、今は湧水は止み、電動ポンプで汲み上げている。毎年十月になるとシベリア方面から鴨が飛来し、十二月には百羽を数える日もある。そして梅の咲く頃まで棲みついて、軽鴨以外は北へ去っていく。第六章の鴨を詠んだ群作は、長年鴨たちを見守ってきた結果である。

第七章は付録として収めた海外詠である。一九九四年三月から翌年三月まで、早稲田大学在外研究員としてロンドン・ウィンブルドンに庭つきのフラットを借り、家族と住んだ時の作となる。住民税を払い地元の警察に届出をし、グリーンカードを所持しての生活だった。その一年は忘れがたいことがいくつもあった。四月に英国ハイク協会のイベントに参加、R・H・ブライスの育ったエセックス州イルフォードと、彼の卒業した小学校を訪問し、彼の業績を顕彰した。

七月、英国ハイク協会とロンドン大学日本研究センター共催の「芭蕉没後三百年記念大会」（二日間）に参加、「古くて新しい芭蕉の意義」を英語で講演した。翌日テームズ川畔を英国ハイク協会員十二人と吟行し、英語連句を捌く。

十月、パリの小池文子宅のディナーに招かれた。相客が日本学・仏教学の権威、ベルナール・フランク教授で、家妻は隣席の教授と特に歓談。

翌年一月二十日、ジョン・キーツ生誕二百年祭（於キーツ・ハウス）に招待され、次期の桂冠詩人アンドルー・モーションに親しく紹介された。

わたしの海外詠は約三十年の間、ヨーロッパ諸国、中国、インド、エジプト、トルコ、イラン、東南アジアに旅して、少なからずある。だが、これまで約三十句を除いて、単独の句集に入れず、塔の会編の合同句集『塔』の第七、八、九の三巻に専ら発表している。

この句集を編んでいる最中《さなか》、訃報がとびこんできた。十一月六日に、英国ハイク協会の元会長デイヴィッド・コブが逝った（九十四歳）と、息子のトマスからの手紙。長年の最も親しいハイク友だちであった。そして十二月六日の有馬朗人氏の急逝（九十歳）にショックを受けた。国際俳句交流協会の会長たる氏と、私は副会長の間柄で、国際交流の活動に努めた二十余年を切に顧みる。

わたしには第一句集以来、小さな自我《エゴ》の個人的な消息ではなく、大きな意識・「いのち」の流れの宇宙的な消息に、片鱗でもふれることが出来たらとの思いがある。「月日星《つきひほし》」と宇宙へ呼びかけ歌うのは三光鳥。それにあやかって「月日星」をこの句集の題名にした。

第五句集はかねがねふらんす堂のフランス装丁で出したいと思っていた。深刻なコロナ禍のなか、なんとか実現できて嬉しい。山岡喜美子社主をはじめふらんす堂の皆様の綿密なお世話に感謝申し上げる。

二〇二〇年（令和二年）十二月

星野恒彦

著者略歴

星野恒彦（ほしの・つねひこ）

1935年　東京生まれ
1976年　「れもん」入会、多田裕計に俳句の手解きを受ける。
1980年　川崎展宏代表の「貂」創刊に、編集長として参加、展宏に師事。
2004年　「貂」副代表から代表となる。

（公社）俳人協会副会長（兼国際部長）、国際俳句交流協会副会長を歴任。現在、俳人協会名誉会員。早稲田大学名誉教授（英語・英米詩）。

著書
句集に『連凧』『麥秋』『邯鄲』『寒晴』など。
評論集に『俳句とハイクの世界』（第17回俳人協会評論賞受賞）、『詩句の森をゆく』、『俳句・ハイク——世界をのみ込む詩型』、英文共著『*Rediscovering Basho*（芭蕉再発見）』、編著『四季の歓び』、共英訳『狩行俳句抄』など。

現住所
〒167-0033　東京都杉並区清水3-15-18　コープ野村1-8

句集　月日星　つきひほし

二〇二一年六月一日第一刷
定価＝本体二八〇〇円＋税

●著者――星野恒彦
●発行者――山岡喜美子
●発行所――ふらんす堂
〒一八二―〇〇〇二東京都調布市仙川町一―一五―三八―二F
TEL 〇三・三三二六・九〇六一　FAX 〇三・三三二六・六九一九
ホームページ http://furansudo.com/　E-mail info@furansudo.com
●装幀――君嶋真理子
●印刷――日本ハイコム株式会社
●製本――株式会社松岳社

ISBN978-4-7814-1367-9 C0092 ¥2800E